ROXANE

Jean Pierre Malrieu

Roxane

Tragédie

© 2024 Jean Pierre MALRIEU
Édition : BoD · Books on Demand GmbH, In de Tarpen 42,
22848 Norderstedt (Allemagne)
Impression : Libri Plureos GmbH, Friedensallee 273,
22763 Hamburg (Allemagne)

ISBN : 978-2-3224-7889-7
Dépôt légal : Octobre 2024

Pour Roxane,

PERSONNAGES

Alexandre (empereur, époux de Roxane)

Amestris (sœur de Roxane)

Callisthène (historiographe d'Alexandre)

Héphaïstion (favori d'Alexandre)

Olympias (mère d'Alexandre)

Roxane (fille d'Oxyartes, satrape de Sogdiane)

LIEU

Palais d'Alexandre, Babylone

Acte I

Scène 1
Alexandre, Roxane

Alexandre, devant une porte fermée :
On ne condamne pas à la perpétuité
Un homme, sans lui accorder l'opportunité
Une dernière fois de plaider…

Roxane :
                    … Vous n'avez fait que ça
Seigneur, cette insistance, pour vous ne plaide pas
Vous nous mettez tous deux dans un grand embarras
Partez, Seigneur, partez, et ne revenez pas

Alexandre :
Je ne réclame pas présomption d'innocence
Celle-ci ne vaut pas en affaires de cœur
Mais vous ne pouvez pas décider en l'absence
De l'accusé lui-même. Pourquoi plus de rigueur
Qu'on en en a pour les traitres, les truands, les voleurs ?

Roxane :
Aux traitres —je vous cite— ainsi qu'aux empereurs ?
Mais donne-t-on aux morts un procès équitable ?
Ce sentiment, Seigneur, ne vit plus en mon cœur

Alexandre :
On ne peut pas juger ainsi par contumace
Un accusé présent au seuil du tribunal
S'il mérite le pire on le lui dit en face
Et même si l'exil est le verdict final
Un homme amoureux doit, pour croire à l'évidence
Voir s'animer les lèvres qui forment la sentence

Ouvrez-moi, Madame, je vous prie, à présent
Les coupables ont des droits, comme les innocents

Roxane :
Que faites-vous, alors, de celui des victimes ?
Ainsi que pour chacun, dans son espace intime
Du droit d'être à l'abri des plus grands empereurs ?

Alexandre (après un silence) :
Te souviens-tu, Roxane, de nos nuits sous la tente ?
Il n'y a pas de porte entre nous et l'attente
Du jour fabrique inlassablement la douceur
Je m'allonge avec toi sur un lit de fortune
Une couche précaire, comparable au bonheur

Les nuits privées de toi, ce sont des nuits sans lune

Roxane (après un silence) :
Puisqu'en changeant de ton tu ne réclames plus
Le respect de tes droits permets-moi d'abdiquer
Les miens. Au nom des nuits où je t'ai plu
N'entre pas, je t'en prie, laisse-moi reposer
Si je te fais entrer tu entendras des mots
Qui appartiennent au temps et à l'aire du cœur
Dont nous ignorons tout. Et crois-moi cet ailleurs
Ne doit pas s'affranchir. Au travers de la fente
Des meilleurs souvenirs, des images indulgentes
Peuvent me revenir. C'est tout ce que j'espère
A ta vue, je ne réponds pas de ma colère

Alexandre (aparté) :
Allons que dois-je faire ? Dois-je forcer la porte ?
Dois-je battre en retraite ? Dois-je livrer bataille ?
Pourquoi ai-je ce doute ? Que le diable m'emporte !
Pourquoi suis-je indécis ? Pourquoi donc cette faille ?
Pourquoi ces flottements dans mes arrières-lignes ?
Tous ces atermoiements sont de nature indigne
Un homme ne peut pas modifier son destin.
Mais si je la perdais ? Ô comme je la crains !
Je l'aime en proportion de la peur qu'elle inspire
Je n'imagine pas une condition pire
Que celle d'Alexandre ayant perdu Roxane
Ce serait un désastre, un printemps qui se fane

Je ne m'explique pas qu'on puisse être coupable
Quand on aime à ce point. C'est inimaginable
J'ai harcelé son cœur, je l'ai poussée à bout
Mais dans le même temps j'ai retenu mes coups
Je n'ai rien prononcé, jamais, d'irréparable
Ou du moins je l'espère elle est si désirable
Aimer contre l'honneur est une lourde tâche
Il me faut trouver le courage d'être lâche

Alexandre (haut) :
Je reviendrai. Je ne sais pas si ta colère
Est la forme que prend la survie de l'amour
Ou bien celle que prend un adieu sans retour

Roxane (bas) :
Je donnerais mon sang pour le savoir moi-même

Scène 2
Alexandre, Callisthène

Alexandre :
Tu étais là, mon cher ! Alors qu'un paragraphe
De ma glorieuse vie vient juste de s'écrire

Callisthène :
Je devais être là : je suis votre biographe

Alexandre :
Un biographe sait bien qu'il ne doit pas tout dire

Callisthène :
Pour que l'auteur se taise il lui faut tout savoir

Alexandre :
Alexandre LE GRAND occupe ton devoir
Le petit n'a que faire d'une entrée dans l'histoire

Callisthène :
L'histoire retiendra bien plus que les batailles
Peut-être serez-vous à ce point gigantesque
Que tout ce qui chez nous ne serait qu'un détail
Comme il vous appartient semblera titanesque

Alexandre :
Je serais étonné que l'on peigne une fresque
D'un empereur n'osant enfoncer une porte
Comment écriras-tu un échec de la sorte ?

Ne me dis pas, surtout, que tu l'as versifié !?!
Si ? Non ? Si ?
Je vois à ta figure que tu ne peux nier !

Callisthène :
Hélas, les vers conviennent mieux à l'épopée
Que la prose. Votre vie, Alexandre, relève de l'épique
Il me fallait choisir une forme héroïque.

Alexandre :
Tu es historiographe avant d'être un aède

La vérité surtout doit te venir en aide
Qui croira ton récit si le soupçon s'instaure
Que les besoins de rime ont créé les centaures ?

Montre-moi donc ces vers je suis curieux d'admettre
Qu'un homme peut se plaire habillé d'hexamètres

Callisthène :
Ulysse a eu son chant, il vous en fallait plus
Vous êtes allé plus loin : jusqu'au fond de l'Indus
Hector défendait Troie, Ulysse sa maison
Avec la toison d'or est revenu Jason
Alors que vous avez quitté Thessalonique
On dirait sans regret pour les terres d'Afrique
Vous ne ressemblez pas à nos héros antiques
Ce n'est pas simplement que le monde est plus grand
Depuis que vous régnez c'est plutôt qu'on s'attend
A ce qu'il se déplace selon vos volontés
Il vous fallait un vers aux accents étrangers
J'ai écrit votre vie en vers de douze pieds

Alexandre :
Quelle ironie amère. Un conquérant si rare
Voit sa vie racontée d'une forme barbare
Montre-moi donc ces vers

Callisthène :
Ils sont écrits à peine

Alexandre :
Sans délai Callisthène !
(il lit)

Par les dieux ! Quelle armure ! Et combien elle pèse !
Quel carcan que ces rimes ! Qui y serait à l'aise ?
Les mots y sont contraints, gênés aux entournures
On n'y retrouve rien des lois de la nature
La vie n'y entre pas. Quelle odieuse métrique !
Tu veux boucler mon âme en gonds mathématiques ?
Pour une âme inspirée, ces vers sont une épreuve

Callisthène :
C'est l'effet que produit toute musique neuve
La première audition suscite le rejet
Mais l'oreille s'y fait et bientôt elle plaît
Peut-être que ce vers portera votre nom
Et qu'en *alexandrins* on fera des chansons

Alexandre :
En Alexandrins !
L'invention est plaisante et le mot sonne bien
On a déjà donné mon nom à des monnaies
C'est la première fois en faisant mon portrait
On en frappe une fausse en espérant succès

Tu voudrais me flatter mais crois-moi c'est en vain
Je retiendrai surtout que tu as refusé
De raconter la vie d'un roi macédonien
Avec les vers d'Homère et des chants olympiens

Callisthène :
En Égypte on vous a consacré Pharaon
On a ouvert pour vous le temple Zeus-Ammon
Je ne vais pourtant pas commencer à graver
Des hiéroglyphes pour exercer mon métier

Alexandre :
On en revient toujours à cette même histoire
Ce refus obstiné, refus rédhibitoire
De m'accorder la moindre étincelle divine
De colorer mon sang d'un pigment malvidine

Callisthène :
De votre propre aveu cette divinité
N'était qu'un instrument de légitimité
Les choses auraient changé ? Une révélation
Aurait-elle opéré dans votre filiation ?

Alexandre :
Prends bien garde à ne pas te montrer trop caustique
(silence)
Depuis quand ton récit n'est-il plus politique ?
Je ne suis pas un dieu mais suis-je pour autant
Un mortel ordinaire, un homme tout-venant ?

Callisthène :
Vous êtes au-dessus de l'ensemble des hommes
A vous seul vous comptez plus que compte leur somme
C'est pourquoi j'ai cherché une forme inouïe
Pour dire ce voyage aux confins de l'Asie

Alexandre :
Une forme inouïe ! Voyez cette diphtongue !
Elle sonne aussi faux qu'une chute de gong
Comment peux-tu penser qu'en un tel appareil
Je fléchisse Roxane. Avec des mots pareils !
Quelle sincérité pourrai-je bien prétendre

Comment serai-je doux, comment serai-je tendre
Engoncé dans ces vers, empêtré dans leurs fers ?
Je n'entends dans ce style qu'oppositions construites
Protestations abstraites, associations fortuites

Callisthène :
Il y a dans l'amour un composant physique
Une part matérielle, une part organique
Mais l'amour est abstrait qui se cherche lui-même
Et c'est en abstraction que l'on sait que l'on aime

Alexandre :
Jamais on n'a séduit à coup de rhétorique
Et quel cœur s'embarrasse des lois de la métrique ?

Callisthène :
Le fait est que Roxane elle-même s'exprime
Dans le même registre et que son cœur s'anime
Ou ne s'anime pas c'est dans le même style

Alexandre :
Et tu sembles content qu'elle aussi elle file
Droit sous ton joug ! Sous ta tyrannie, ton calame !
Tu sembles satisfait qu'elle ait perdu son âme
(Silence)
Je concède qu'auteur tu as les droits d'un mage
Sur la façon dont parlent ici tes personnages
Mais tu n'as pas pouvoir sur les êtres réels
Tu n'as aucun pouvoir ni sur moi ni sur elle
Encore moins en auras-tu sur ton public
Regarde-le ranger ses claques et ses cliques
Se préparer à fuir tes pesanteurs lyriques

Regarde le vider les lieux de ton théâtre
Comme le fait la vie, et plutôt quatre à quatre !

Callisthène (se tournant vers la salle) :
J'en vois aussi qui restent. J'en vois que ça ne choque
Pas vraiment plus que ça de devancer l'époque

Alexandre :
Évidemment qu'ils restent ils ont payé leur place
Pour me voir triompher des Perses et des Thraces
Mais s'ils osaient parler ils te diraient en face
Que ton style nouveau, que ta belle invention
Sont promis à l'oubli et la disparition

Callisthène :
Nous verrons.

Alexandre :
Puisque tu fus témoin des rigueurs de Roxane
Pourrais-tu lui parler un peu en ma faveur ?
Je ne saisis pas bien les mœurs de Bactriane
Je ne comprends pas bien les alarmes du cœur

Scène 3
Roxane, Olympias

Roxane :
Vous m'avez fait très peur. Il me semblait pourtant
Avoir expressément demandé à mes gens
Que l'on ferme l'accès à mes appartements

Qui vous a faite entrer ? Que voulez-vous de moi ?

Olympias :
J'ai fait un long voyage. Vous êtes la personne
Que je recherchais en venant à Babylone
C'est votre sœur qui m'a donné la permission
De m'approcher de vous. Pardonnez l'intrusion

Roxane :
(apparté)
L'étrange initiative qu'a eue ma confidente
(à Olympias)
Oubliez mon accueil. Je dois être prudente

Olympias :
(à moitié pour elle-même)
Roschania. Roscha. Dite *la lumineuse*
(plus haut)
Je comprends maintenant pourquoi « la lumineuse »

Roxane :
Certains font profession de paroles flatteuses
Êtes-vous de ceux-là ?
Entre tous les humains je plains le plus Narcisse
Et je méprise ceux qui se rendent complices
En daignant, aux flatteurs, souvent prêter l'oreille

Olympias :
Je n'aurais jamais eu des intentions pareilles
Je ne vous flatte pas. Mais vous brillez pourtant
D'une lumière unique. Vous avez un brillant
Qui rappelle l'orage. Vous êtes un éclair

Dans la noirceur du jour. L'éclat de votre chair
Fige alentour le monde. Lorsque l'on vous a vu
Le temps s'est arrêté. Le tonnerre s'est tu
Mais il résonne encore. L'air est chargé de poudre
Et les membres et les corps sentent encore la foudre
Votre beauté si proche suscite un espoir fou
Mais le cœur se désole de s'emballer pour vous

Roxane :
Quelle surprise que ce discours ! Mais laissez
Admettons un instant que je me laisse aller
Au rebond mécanique de la conversation
Je me laisse entraîner en ses titubations :
Un cœur qui, dites-vous, s'emballe et se désole ?
Je ne comprends comment ces sentiments s'accolent

Olympias :
Comment vous expliquer la plus folle espérance
Et puis l'accablement au retour de la chance ?
Un cœur peut s'emballer puis arrêter de battre
Cacher sa vérité sous les cendres dans l'âtre
Car le monde renie les sentiments sincères
Aux amours les plus tendres, il déclare la guerre

Roxane :
Quels sont les sentiments contre quoi il complote ?
Pardonnez ma question, je me sens un peu sotte

Olympias :
Certains élans du cœur sont frappés d'interdit
Ils sont si réprimés : le cœur les croit maudits
Privés de tout soutien, délaissés dès l'enfance

Coupables aux yeux de tous, orphelins de la chance
Ils se renient eux-mêmes et pourtant ils existent
Ils sont froissés mais beaux comme des fleurs de cyste

Roxane :
Vous me touchez au cœur. Les cystes me chavirent
Leurs fleurs semblent mourir, pourtant elles respirent
Sous le vent qui les bat, le soleil qui les tanne
On dirait que par elles, l'éternité se fane

Olympias :
On ne peut les cueillir, les offrir à personne
Personne ne les voit, pourtant elles foisonnent

Roxane :
Ces fleurs disent au passant : les sentiments sont rares
Qui poussent justement là où les pas s'égarent

Olympias :
Il n'est de fleurs bordée dont la route soit droite
Les cystes nous accueillent à cette sente étroite
Où passe notre vie par le plus long chemin
Ils tremblent aux arrêts arides du destin

Roxane :
Me direz-vous enfin pourquoi je vous rencontre ?
Quel est le noble nom que votre port démontre ?

Olympias :
Permettez que j'achève sans plus me découvrir

Un discours que jamais je n'aurais cru tenir
Je vous dirai ensuite tout ce qui vous importe
Mon nom, mon rang, mon âge, et tout ce qui m'exhorte
A vous chercher, vous voir, vous parler de la sorte.

On raconte partout qu'Alexandre vous vit
Vous épousa sur l'heure et sitôt vous conquit.
Si moi j'étais saisie d'un sentiment fervent
Obscurément, entièrement, passionnément
Si je vous aimais, dis-je, pourrais-je demander
Votre main ? Quelle institution m'écouterait ?
Si moi je vous aimais, pourrais-je déclarer
Cet amour à vous-même, qui en seriez l'objet ?
Au-delà des frontières étanches du sexe
Il y aurait le mur de défense de l'âge
Un mur infranchissable et même davantage

Roxane :
Cet entretien emprunte un si étrange ton
Que je me félicite d'ignorer votre nom
Je n'entrerais jamais sous ces suppositions
Connaissant qui suppose ou que sont ses raisons
Et j'espère pour moi que je suis moins tenue
A la pudeur morale envers une inconnue

Si vous m'aimiez madame l'obstacle à votre flamme
Ne serait pas vraiment que vous êtes une femme
Ne croyez pas non plus que les quelques années
Qui nous sépareraient pourraient... nous séparer

Songez plutôt à la surprise d'une reine

Passée directement de l'enfance à l'arène
Alexandre est le seul qui m'ait parlé d'amour
Mais ai-je pu vraiment m'exprimer en retour ?
Oh je me suis donnée, et donnée sans réserve
Mais est-ce que l'amour est venu de conserve ?
On ne m'aura laissé ni le choix le temps
Ni d'apprendre à aimer ni d'aimer le printemps
J'ai été un ruisseau qui courait les montagnes
Je suis un filet d'eau tari dans la campagne
Mon cœur, sachez le bien, est un méandre à sec
Et cet état promet de biens tristes obsèques
A tous les sentiments dont je serais l'objet

Olympias :
Les miens n'attendent rien, ils n'ont pas de projet
Je vous entends parler sans savoir si je dois
M'attrister ou plutôt ressentir de la joie
M'attrister de la perte de ce précieux méandre
Ou me réjouir que rien vous ne sembliez attendre
Croyez mon expérience, l'amour est un réveil
On ne peut y entrer que depuis le sommeil
Les passions les plus belles naissent du désespoir
L'amour ne survient que s'il n'est plus temps d'y croire

Roxane :
Si j'aimais de nouveau, si le fleuve à descendre
Devait se découvrir un tout nouveau méandre
A quoi pourrais-je en reconnaître les augures ?
A quel envol d'oiseau et de quelle envergure ?
En un mot comme en cent : Comment sait-on qu'on aime ?

23

Olympias :
On le sait quand on sent que s'entrouvre en soi-même
Une porte donnant sur un monde oublié
Où les bêtes sauvages semblent apprivoisées
Dans ces gouffres anciens c'est le bonheur qui gronde
Ce monde oublié c'est la matrice profonde
De tous les soi possibles. C'est nous, en bloc de sil
C'est le choix de poursuivre un espoir indocile
En choisissant d'aimer un visage entre mille

Roxane :
Comment sait-on que s'ouvre la porte refermée ?
Peut-on voir de nos yeux le jardin oublié ?

Olympias :
On ne peut pas passer la porte de l'amour
On ne peut accéder au bonheur pour toujours
On ne peut même voir par cette entrebâillure
Mais des bateaux sublimes passent à cette embouchure
Certains accostent en nous par des souffles heureux
D'autres navires passent avec les voiles en feu

Roxane :
Vous me représentez la pauvre humanité
Comme portant en soi la boite de Pandore
D'où sortent les bonheurs et les calamités
Pourtant quel rôle y joue celui que l'on adore ?
Tout se passe, on dirait, en soi et en soi-même
Et peu importe au fond, semble-t-il, qui l'on aime

Olympias :
Par le plus grand hasard ou par nécessité
Des serrures du cœur il a l'unique clef

Roxane (songeuse) :
Par le plus grand hasard, ou par nécessité...
(se reprenant)
Croyez-vous qu'il existe un amour partagé ?

Olympias :
Je l'ai recherché aux quatre coins de la terre
Je ne l'ai pas trouvé. Serait-ce une chimère ?
Dans l'amour partagé il n'y a qu'un passage
Ouvert entre mon monde oublié et le vôtre
Tous les deux se confondent, et ce doux paysage
Ce n'est plus ni le mien, ni le tien : c'est le nôtre
Je parle ici d'un rêve, mais de tous le plus beau
Tous les amants le font et le portent au tombeau

Je dois partir, Rosha, Roshania, Roxane
Je vais garder ton nom, le prendre en Macédoine
Comme on garde à la main un souvenir d'enfance
Minuscule et si doux, si présent dans l'absence
On te dira le mien bien assez tôt je pense

Scène 4
Roxane, Amestris

Roxane :
Mais enfin, Amestris, pourquoi désobéir

A ma demande expresse et pourquoi lui ouvrir ?
N'avais-je pas été claire sur le sujet ?
Sous quel prétexte as-tu osé me déranger ?
Quelle est donc cette femme que tu as introduite
En mes appartements et jusque dans ma suite ?

Amestris :
Pardonnez-moi ma soeur. Si jamais j'avais su...
Mais vous ignorez donc qui vous avez reçu ?

Roxane :
Je n'en ai pas idée. Je ne sais quels détours
De la conversation, ni quels deleaturs
Ont repoussé sans cesse qu'elle dise son nom
Et elle s'est enfuie sans demander pardon

Amestris :
Mais il s'agit pourtant... enfin... C'est Olympias
La mère d'Alexandre...

Roxane :
La troublante inconnue c'était donc... ma belledoche !
Je crains qu'il y ait chez moi quelque chose qui cloche

Pour la première fois que quelqu'un me surprend
Pour la première fois que je vais entrouvrant
Ma porte à l'inconnu et qu'il touche mon âme
Fallait-il que ce soit justement cette femme ?

Notre conversation m'a semblé infinie
Pourtant je l'ai trouvée un peu trop tôt finie
Comment te la décrire ? La surprise du rêve

La liberté surgie pour prendre la relève
J'ai eu la sensation qu'on ne devrait jamais
Parler qu'avec des gens qui nous sont étrangers

Par les dieux qu'elle est belle ! Sa jeunesse un mystère
On dirait une sœur bien plutôt qu'une mère
Est-ce que j'ai été sensible à sa beauté
Parce que j'y voyais d'Alexandre les traits ?
Mais les charmes du fils me semblent un peu banals
Car la copie pâlit devant l'original
L'homme que j'ai aimé ne serait qu'un enfant ?
Il m'aurait surtout plu par ses antécédents ?
Je sens comme un vertige à cette idée étrange
Et pourtant je le sais : la vérité dérange
Le fils miroite en tant qu'eidolon de sa mère
Il brille grâce à elle d'un éclat éphémère
Tandis qu'elle irradie d'une sombre lumière

Toi, qu'as-tu ressenti, ma sœur, en sa présence ?

Amestris :
Je ne vous en fais pas volontiers confidence :
Quelque chose en mon corps a frémi à sa vue
Mais elle a dit son nom, et j'étais prévenue
J'ai craint pour vous, d'instinct, et me suis souvenue
De sa réputation pour le moins sulfureuse

Roxane :
Quelle réputation ? Je ne suis pas curieuse
Du tout, en général mais tu me rends anxieuse
Dois-je me méfier ? Est-ce que j'ai matière
A craindre moins le fils qu'à redouter la mère ?

Amestris :
Je ne sais si l'on doit accorder trop de foi
A ce qui se dit d'elle en de nombreux endroits
J'hésite à répéter des choses extravagantes

Roxane :
Dis toujours. Les rumeurs sont souvent transparentes

Amestris :
Elle fut initiée aux mystères des dieux
Au panthéon de Samothrace. Et c'est un lieu
Consacré tout entier aux déesses chtoniennes
Les forces de la terre, les peurs les plus anciennes
Y règnent sans partage et il est interdit
De prononcer le nom des dieux que l'on y prie
On prétend qu'il s'y trouve un boyau vers l'enfer
Souterrain que les morts n'osent prendre à l'envers

Roxane :
Que va-t-on inventer ? Et pourtant je frissonne
A l'idée d'avoir vu la prêtresse en personne
Aurait-elle sur moi sa magie exercée ?

Amestris :
Mais ce n'est rien encore. L'endroit est supposé
Accueillir des rituels… des rites… d'hiérogamie

Roxane :
Qu'est cela ?

Amestris :
Ce sont visiblement de ces cérémonies...
Vraiment je ne sais trop comment vous l'expliquer
... Où des humains s'accouplent à des divinités

Roxane :
Et il y a des temples pour ces belles pratiques ?
Le sexe a-t-il besoin d'un appareil mythique ?
Et quel rôle Olympias y aurait pu jouer ?
Le rôle de la femme ou la divinité ?

Amestris :
Un peu des deux je crois. On prétend que Philippe
Ne serait pas le vrai père de votre époux
Pour ce dernier d'ailleurs le fait n'est pas tabou :
A son engendrement c'est Zeus qui participe

Roxane :
Vraiment, la belle époque ! Chacun va colportant
Sur ses propres parents des récits dégradants
Mais est-ce que l'on peut rehausser son prestige
En pratiquant ainsi de la basse voltige ?
Les immortels eux-mêmes devraient être lassés
De se voir attribuer tant de paternités
Reste-il un seul homme parmi toute la Grèce
Qui ne soit immortel par le fait de... caresses ?
Et comment expliquer, par des lignées si fières
Qu'il y ait tant de gens dedans les cimetières ?

Amestris :
Il semblerait pourtant que Philippe jamais
N'ait partagé vraiment la couche de la reine

On dit qu'il la fuyait comme on fuit les murènes
Par crainte des serpents dont elle s'entourait

Roxane :
Des serpents ! Quels serpents ? Pourquoi la métaphore ?

Amestris :
Des serpents bien réels ! Sortis de leurs amphores
Pour servir son plaisir de la nuit à l'aurore

Roxane :
Des pièces manquent donc à notre éducation !
Ma sœur, ma tendre sœur, quelle désolation
D'être restées si tard, si longtemps des novices
Et de n'avoir pas eu, des serpents, les services !

Amestris :
Les serpents sont peut-être une affabulation
Mais un autre élément attire l'attention
Nombreux sont les mortels venus pour « consulter »
La prêtresse Olympias sur d'épineux sujets
Or tout le monde sait que ces consultations
Étaient particulières et avaient pour fonction
De transférer aux hommes un peu de la puissance
Sexuelle des démons. Olympias en ses transes
Orgasmiques donnait le feu de ses organes
A ses amants d'un soir et faisait de leur membre
Le vrai kerikeion, le bâton qui se cambre

Roxane :
Arrêtons-là ma sœur. C'est l'heure. Il se fait tard

Je ne crois pas un mot de tous ces racontars

Mais si je n'en crois rien il reste une évidence
Cette femme dégage une telle assurance !
A tel degré la chair est en elle accomplie
Qu'elle n'a eu besoin d'aucun tour de magie
Pour me plonger dans une folle rêverie
Chez elle l'insolence heureuse du plaisir
Annonce l'expérience amère du désir
Cette confiance en soi ! Cette audace sereine !
Sa séduction surpasse le doux chant des sirènes
Devant elle je suis comme une enfant transie
D'inquiétude et d'envie. Le doute m'envahit
Comme l'été recouvre nos neiges en Sogdiane

Amestris :
Il s'agit d'Olympias. Prenez garde, Roxane

Acte II

Scène 1
Olympias, Roxane
(au lit, tendrement enlacées)

Roxane :
Je n'ose plus lever les yeux sur vous telle est
La honte que sens à m'être abandonnée
A vous aussi vite et aussi complètement
Je n'avais prononcé pas le moindre serment
Je n'avais ni voulu ni donné d'assurance
Ni de mes sentiments ni de mes espérances
Que déjà j'étais nue et déjà dans vos bras
Je ne sais même plus dans quel ordre cela
Ô quelle volupté ! Je n'ose plus lever
Les yeux sur vous. Mais je ne puis plus vous quitter
Des yeux. Je vous dévisage par en dessous
Madame, s'il vous plaît, me le permettez-vous ?

Olympias :
Je ne le permets pas. Si vous posiez sur moi
Vos doux yeux dessillés des cerceaux du désir
Vous verriez comme l'âge a marché pas à pas
Sur les sentiers du corps, sur ma peau, sur mes bras
Et vous commenceriez, sans doute, à réfléchir
Sur les folles raisons qui vous ont fait fléchir
Si l'une de nous deux devait concevoir honte...

J'ai pris votre beauté sans donner d'autre d'acompte
Que mon amour sincère, que mon amour, mon ange
Tout bien considéré, je ne perds pas au change

Roxane :
Ce que vous m'avez pris, c'est mon ingénuité
J'ignorais que mon corps avait tant d'intérêt
Avez-eu recours pour me rendre infidèle
A quelque génie sombre ? Aux mains de Praxitèle ?
Est-ce Aphrodite ici qui tire les ficelles ?

Olympias :
De quelle magie parlez-vous ?

Roxane :
On dit que vous avez appris à Samothrace
Au temple des grands dieux, à conduire la race
Humaine en son entier sous le joug du désir
On dit que des serpents vous avez fait gémir
Que vous fûtes éduquée à l'amour par les dieux
Et que bientôt c'est vous qui enseigniez le mieux

Olympias :
Roscha…
Au monde où nous vivons masculine est la loi
Les femmes que nous sommes y ont bien peu de droits
Pour desserrer les liens qui les tiennent captives
Les femmes n'ont le choix qu'entre l'art de l'esquive
Ou jouer de la peur qu'inspire la jouissance
Les hommes ont peur du sexe, vraiment je vous l'assure

Ils ne viennent vers nous que revêtus d'armures
Que ce soit sous l'armure de la domination
Ou celle moins fréquente d'une humble soumission
Comme ils aiment avoir peur j'ai proposé aux hommes
Ce qu'ils voulaient de moi, le juste décorum
J'ai façonné pour eux mon attraction sexuelle
Selon leurs obsessions, leurs craintes habituelles
J'ai retourné contre eux l'attrait de la puissance
Je l'ai mis au service de ma toute jouissance
Roscha, je ne suis pas cette femme fatale
Et si j'ai fait l'amour entourée de crotales
C'était simplement pour un peu de liberté
Me croyez-vous ? Par pitié !

Olympias :
Je vous crois. Et j'admire votre courage. Mais...
Comment ne pas tomber dans notre propre piège ?
On a beau ne pas croire au fait des sortilèges
Lorsque ce sont nous-mêmes qui proférons les sorts
Ils opèrent sur nous au travers de nos corps
Tout comme les enfants peuvent s'épouvanter
Des jeux qu'eux-mêmes inventent, qui pourrait se vanter
De n'être qu'insensible, ou d'être immunisée
Aux formes masculines de la sexualité ?
Que pensez-vous de moi ? En restant ingénue
Est-ce que j'ai trahi cette cause inconnue
De moi jusqu'à ce jour ? Vous aurais-je déçue ?
Ou bien ai-je lutté, par ignorance en somme
Contre les privilèges dont disposent les hommes ?
J'aurais bien peu pensé, j'aurais bien peu joui

Mais au moins je n'aurais ni joui ni pensé
Ni selon leurs caprices ni leurs catégories

Olympias :
Parfois l'ingénuité vaut mieux que la sagesse
Non il ne déplait pas aux femmes qu'on les fesse
Il y a du plaisir à être dominée
On ressent d'autant plus le fait de se donner
Qu'on abandonne le contrôle du regard
Le plaisir est très grand d'ailleurs, à cet égard
D'être prise comme le font les animaux

Roxane :
Vous me gênez madame. Je ne sais si je veux
Savoir ces choses-là ni entendre ces mots

Olympias :
Ne soyez pas gênée, Roxane, par mes aveux
Car ce n'est pourtant pas au travers de ces maux
Que les femmes atteignent le plus à la jouissance
Et quand cela advient c'est dû à la présence
De la délicatesse en la brutalité
L'homme qui nous domine sait en réalité
Que sa domination est un don consenti
Et que sans notre aval il n'aurait rien senti

Roxane :
Vous me parlez d'états qui me sont inconnus
Même si dans vos bras j'en ai eu l'aperçu
Vous n'imaginez pas combien mes réticences
Étaient fortes à l'endroit des rets de la jouissance
Avant de vous connaître je n'aurais pas permis

Que les mains de quiconque passent dessous les plis
De ma toge. A l'idée qu'on pouvait me « trousser »
C'est de ma dignité qu'on m'aurait détroussée

Olympias :
L'expérience enrichit, l'expérience corrompt
Je ne sais que répondre, vraiment, à vos questions

Roxane :
Puisque vous m'avez pris ma belle ingénuité
Puis-je vous demander comme une indemnité ?

Olympias :
Que demanderiez-vous ? Vous avez déjà tout

Roxane :
Quand vous vous lasserez, quand vous repartirez
Quand l'amour finira pourriez-vous me donner
Une partie de vous, pourriez-vous me laisser
De vous juste les mains ?

Olympias :
Mes mains seront à vous, à vous ou à personne
Je n'en fais presque rien, tenez, je vous les donne

Amestris :
Ma sœur, où-êtes-vous ? Il y a Callisthène...
(elle entre, demeure interdite)
... Qui demande une audience de la part de la reine

Olympias :
Recevez-le mon ange. Il faut que j'aille rendre

Une visite au très glorieux Alexandre

Roxane :
La cruelle diphtongue !
Mais vous le méprisez ! J'en viens presque à le plaindre
Aidez-moi, je vous prie, à cette toge ceindre

Amestris :
(face public)
Je viens d'être témoin d'un crime abominable
Olympias et ma sœur ! Toutes les deux coupables ?
Cette sorcière a dû user de maléfices
Pour l'entraîner ainsi à se livrer au vice
Si l'on ne met pas fin à cette relation
Le roi le saura et... qui sait sa réaction ?
Je vais de ce pas demander à Cratère
La conduite à tenir. Il me dira quoi faire

Scène 2
Roxane, Callisthène

Callisthène :
Au sortir d'un débat, plus que d'une embrassade
L'empereur m'a chargé d'une étrange ambassade :
Que j'intercède auprès de vous en sa faveur

Roxane :
Vous vous exécutez, mais pas de très bon cœur
Ayez l'honnêteté de ne pas protester

Vous avez constamment regretté l'hyménée
Qui unit l'empereur de votre Macédoine
A la vulgaire enfant d'un maître de Sogdiane
Vous vous êtes éclipsé, lors des noces de Suse
Vous n'aimez pas que des traditions on abuse

Callisthène :
Séparons, s'il vous plaît, l'humain du politique
Comme philosophe et comme vrai citoyen
Je ne peux acquiescer au fait que votre lien
Éloigne l'empereur de ce qui fait ses mœurs
Des us de sa patrie, de ses jeux, ses valeurs
Comme historien du roi, et parfois confident
Je sais combien sincères sont les doux sentiments
Qui l'unissent à vous et si je veux son bien
Je dois poser sur vous les yeux qui sont les siens
Vous vous trompez Roxane si vous imaginez
Que je veux affaiblir l'amour qu'il a pour vous
J'entends servir au mieux les vœux de votre époux
C'est pourquoi c'est innocemment que je demande
Que lui reprochez-vous ? Que lui vaut ces amendes ?

Roxane :
Vous feignez l'ignorance, mais vous n'ignorez rien
Vous suivez Alexandre et le suivez trop bien
Pour n'avoir pas cerné son sombre caractère
Je ne veux pas de vous comme un intermédiaire
Et mon amour pour lui ne regarde que nous
Sur ce sujet je ne ferai aucun ajout
Je veux bien toutefois vous parler politique
Parlez-moi du régime appelé république

Callisthène :
Je suis heureux que le sujet vous intéresse
Pardonnez-moi pourtant si j'y vois quelque adresse
A éluder le thème de ce court entretien

Roxane :
Remettez-moi, si j'erre, sur un plus droit chemin
On dit que la monnaie renforce la puissance
De celui qui l'émet. Que diriez-vous, par chance
D'une monnaie semblable en tout au dieu Janus ?
D'un côté de la pièce on verrait Alexandre
Et de l'autre Darius...

Callisthène :
L'idée est séduisante. Peut-être la concorde
En sortirait grandie, et la miséricorde

Roxane :
Ce n'est pas là pourtant que je veux en venir
Chacun des souverains craignant que l'autre sire
Ne batte plus que lui de ladite monnaie
En émettrait sans doute plus que son intérêt
De quelque côté qu'on les retourne, les statères
Vaudraient autant que les dariques : ce que vaut l'air
Ni la marque de l'un ni la marque de l'autre
Ne gageraient plus rien. Voilà ce que l'apôtre
Gagnerait à défendre deux prophètes à la fois

Callisthène :
Bien raisonné, madame, mais je ne vous suis pas
Pensez-vous qu'Alexandre ait manqué à sa foi ?
Il vous aime madame et si c'est Stateira

Dont vous prenez ombrage sachez bien que ses noces
Ne sont que politiques, et que l'amour précoce
Qu'on a conçu pour vous ne s'est jamais éteint

Roxane :
Je vais aller plus loin. Vous convenez sans doute
Que le juste milieu est la meilleure route
A emprunter pour faire une constitution
Aristote l'écrit, c'est assez de caution
Pensez une cité le matin gouvernée
Par un roi bienveillant, le soir par un despote
Que diriez-vous, Monsieur, si en Thessalonique
Il y avait, non une, mais deux, lois politiques ?
Si on pouvait passer de la démocratie
D'un claquement de doigt à la démagogie
Si l'aristocratie devenait tyrannie
Et si la tyrannie devenait monarchie
Tour à tour, à l'envie. En non pas par calcul
Non pas par stratégie. Par manque de recul
Par simple emportement. Et constamment sincère !
Sincère à abolir tous les décrets d'hier
Comme non advenus, ni jamais édictés
Avant, le lendemain, de les ressusciter
Et sans se contredire à la face du monde
Puisqu'honnête envers soi... dans la même seconde

Callisthène :
Je vous entends, Madame, je vous entends enfin
Il est vrai qu'il y a un plus sombre destin
Qu'être trahie. Aucun *citoyen* ne veut vivre
Dans un pays où les *textes de loi* sont ivres

Roxane (bas) :
Il est heureux, Monsieur, que vous m'ayez saisie
Prenez garde, de grâce, à ce que je vous dis
Cleitos avait voulu pénétrer sous l'armure
Il voulait de son roi connaître la nature
Il l'a payé très cher : au prix fort de sa vie
C'est un homme qui tue ceux qui de près l'approchent
Il faut en rester loin pour pouvoir rester proche

Scène 3
Roxane

Roxane :
Je suis folle vraiment. Mais qu'est-ce qui me prend
De dire à Callisthène qu'Alexandre est violent ?
Un tel sujet requiert un peu plus de prudence
Que je n'en ai montré dans cette confidence
Cette témérité est-elle un accident ?
Pourrai-je revenir à l'état précédent ?
A celle que j'étais avant le coup de tête
Qui a fait d'une enfant profondément honnête
Une femme infidèle à un homme et un roi
Je me sens si légère, et coupable à la fois
Si je donnais du pied une seule impulsion
Je quitterais le sol pour un rêve sans fin
Mes paupières ont des ailes mais des larmes de plomb
Me retiennent au sol comme un songe défunt
Je viens de me baigner dans tes eaux trop rapides

Car tu m'as caressée, fleuve de Parménide
De tes eaux toujours meubles, des eaux neuves du temps
A chaque apnée profonde à chaque mouvement
C'était moi qui mourais et moi qui renaissais
Je sens le poids des vagues sans même les toucher
Chaque regard noyé interroge le monde
Comme s'il n'y avait une meilleure sonde
De l'âme d'une femme que le premier baiser
Qui l'abandonne aux lèvres de sa destinée
Ma dérive m'inquiète. C'est trop de nouveauté
J'ai envie d'être seule. De me mettre à l'abri
Serais-je donc cynique ? Mes désirs assouvis
Je cesserais d'aimer ? Ce serait détestable
Mais connaît-on vraiment un fondement plus stable
De la moralité que la détestation
Spontanée et sincère, de sa propre personne ?
Qui commence à s'aimer bientôt tout se pardonne
Le désamour de soi est bien la condition
Sine qua none –et juste– de la rédemption
Plus je serais coupable, plus je serais indigne
Plus je serais intègre et fidèle à ma ligne

Si loin qu'il m'en souvienne j'ai haï ma beauté
Il n'est rien en moi-même que j'ai plus redouté
Elle ne m'a donné que motifs de me plaindre
Entre concupiscence et injonctions à feindre
De prendre la lumière avec félicité
Alors qu'au fond de moi il se projette une ombre
Qui, lorsque je l'approche, se fait toujours plus sombre
J'ai haï ma beauté. Et pourtant…

Dans les yeux d'Olympias j'ai envie d'être belle
J'ai envie d'être aimée. La confession cruelle !
Aurais-je renoncé à tout ce que je crois ?
Privée de convictions comment me tenir droit ?
Je me suis méprisée jusqu'à souhaiter ma mort
Aujourd'hui dans mon cœur le suicide s'endort
Mais demeurent éveillées mes interrogations
Les réponses toujours précèdent les questions
A tout j'ai répondu de la même façon
A toutes les faiblesses j'espérais dire non
Et si l'on me demande : aimes-tu Olympias ?
Je dois répondre non. Répondre non, hélas

Je vais ouvrir ma porte, enfin, à Alexandre
Je lui dirai d'abord ce que je lui reproche
S'il m'écoute et s'il sait avec moi être tendre
Je prendrai en mon cœur tout ce qui nous rapproche
Je dirai que je l'aime et qu'il faut qu'il éloigne
Sa mère et qu'elle reparte, au loin, en Macédoine

Scène 4
Olympias, Alexandre

Alexandre :
Mère.

Olympias :
Mon fils.

Alexandre :
Je suis si seul ma mère.

Olympias :
La seule compagnie des rois est leur destin

Alexandre :
J'ai tant fait je le crains : j'ai fait fuir jusqu'au mien

Olympias :
Combien de personnages comptez-vous sur la scène
Du théâtre tragique ? Y'en a-t-il des centaines ?
Où même une dizaine ? On en voit deux, ou trois
Même quand ils sont deux, monologuent-ils pas ?
Est-ce que l'on y dine ? Fait de la gymnastique ?
Le soliloque est le lot des héros tragiques
La scène est désertique et ce n'est pas pour rien
Si les masques s'y comptent sur les doigts d'une main
Ne vous plaignez pas plus d'être seul au colloque
Que ne font les héros d'Eschyle et de Sophocle
N'attendez du public nulle sollicitude
Ces gens viennent au théâtre par la simple habitude
S'ils sont venus vous voir c'est surtout pour distraire
Leur vie de leur destin : ils ne sont pas vos frères
Pour l'être humain sincère avec sa condition
Le monde se réduit à un seul compagnon
Une seule compagne, pour être plus précis :
La question lancinante du sens de notre vie
Combien d'êtres sommes-nous capables d'aimer
Simplement sur cinq actes ? D'aimer d'éternité ?
Combien de fois d'aimer nous rendons-nous
coupables

Au point de mériter le sort qui nous accable ?
Cessez de ruminer sur des motifs futiles
Vous êtes un de ces rois de Sophocle ou d'Eschyle

Alexandre :
Je ne suis pas un roi. Je suis un va-t-en guerre
Dans mon amphithéâtre on dépèce la terre

Je suis allé plus loin chaque jour dans l'exil
Au début de ma quête j'ai annexé des îles
Où l'on parlait ma langue. Puis j'ai soumis des villes
A l'idiome inconnu. Entre vous et moi j'ai
Ensablé des déserts, crevassé des glaciers
J'ai étendu des plaines, j'ai levé des montagnes
Perdu des labyrinthes, et brûlé des campagnes
Arrivé en Sogdiane il n'y avait plus rien
Qu'une terre sableuse et des hordes de chiens
J'avais trouvé enfin un lieu selon mon cœur
Une terre qui boit le sang et la sueur
Sans distinction aucune et ne les rend jamais
Je me suis battu pour des arpents desséchés
Pour un suaire gris sur une terre morte
Battu par habitude, par la manière forte
Je n'avais plus de fins, seulement des moyens
Je n'ai pas lésiné, j'ai tué les anciens
J'ai tué les enfants, cela m'a réussi
Je me suis retrouvé aux portes de l'Asie
Plus j'avançais et moins je pouvais revenir
Les visages des miens quittaient mes souvenirs
Vous n'imaginez pas l'extrême solitude
Que j'ai cherchée là-bas, la moiteur des paludes
En apparence, j'ai assemblé un grand empire

Alors que j'ai construit l'isolement le pire
Que peut connaître un homme extirpant ses racines
Du sol qui l'a vu naître. Je n'ai plus d'origines
Je suis allé trop loin. Je suis allé trop seul
J'ai fait coudre pour moi un bien trop grand linceul

Olympias :
Je vous connais mon fils. Vos grands abattements
Cèdent bientôt la place à vos plus grands élans
Mais j'ai une nouvelle pour rendre à votre sang
Sa belle ardeur : votre femme porte un enfant

Alexandre :
Stateira ?

Olympias :
Roxane.

Alexandre :
Comment le sauriez-vous ?

Olympias :
Sur ce qui touche au corps j'ai reçu certains dons
Si je lis bien les signes ce sera un garçon

Alexandre :
J'accorde peu de poids à vos divinations
Allez-vous renseigner là-dessus davantage
Et revenez me voir, s'il vous plaît, sans présages

Scène 5
Alexandre

Alexandre :
Quelle mère inhumaine ! Quelle horrible Mama !
Si vous lui confessez que la nuit vous fait peur
Au lieu de vous chérir, de vous ouvrir les bras
Au lieu de confier une épaule à vos pleurs
De haut elle vous toise et vous assène enfin :
« La seule compagnie des rois est leur destin »
BAM ! Enfonc'-moi ! Vas-y ! Je ne te dirai rien !
Et si vous constatez que s'effrite le socle
Qui tient votre statue elle vous répondra
« Vous êtes un héros d'Eschyle ou de Sophocle »
Re-BAM ! Re-enfonc'-moi ! N'hésite surtout pas !

Le pire est d'avouer : sa froideur est la mienne
On m'annonce que j'ai un fils de mon hymen
Et au lieu de sauter au plafond, de hurler
De m'effondrer de joie, de pleurer, de me taire
Je demande des preuves comme un apothicaire

Sa froideur et la mienne ont grandi en miroir
Elles forment à présent un commun désespoir

Acte III

Scène 1
Alexandre, Callisthène, Héphaïstion

Alexandre :
Fidèles compagnons, je vous ai convoqués
Car je compte sur vous pour aller relayer
Auprès de nos hétaires, une nouvelle école
Pour être plus exact, un nouveau protocole
J'ai résolu de prendre au règne de Darius
Quelques symboles forts, et certains de ces us
Je veux donc adopter, pour nous, la proskynèse
(*Héphaïstion se prosterne, face contre terre tandis que Callisthène reste debout*)
Héphaïstion !
Relève-toi. La mesure n'entre en vigueur
Que demain, au Conseil. D'ici-là rimailleur
Je te conseille fort d'entrainer ton orgueil
A quelque gymnastique... ou à prendre le deuil

Callisthène :
(figé)
La proskynèse...
(se reprenant)
Je ne vous cache pas que je suis mal à l'aise
Avec tous les emprunts qui se font à la Perse

N'avons-nous pas assez de notre propre adresse
À honorer nos rois ?

Héphaïstion :
Je ne le pense pas. Et qu'est-ce qui vous gêne ?
La paix des territoires dépend de tous nos gestes
Il faut nous concilier les élites indigènes
Leur offrir des symboles... pour conserver le reste

Callisthène :
Ce que nous obtenons, en nous penchant à l'Est
Nous le perdons pourtant sur notre versant Ouest
Car la jeunesse grecque, qui lutte à nos côtés
A été élevée dans l'idée du progrès
Elle n'est pas éprise de la monarchie
La perse bien plutôt pour elle signifie
L'ennemi de toujours. Et si nous l'imitions
Nous insulterions les héros de Marathon

Héphaïstion :
La Grèce a toujours méprisé la Macédoine
Les temples de Pella ne sont que des cabanes
Aux yeux des athéniens. Ils disent de nos fêtes
Qu'on n'y saurait trouver même un esclave honnête
Et si on leur avait vraiment laissé le choix
Pas un n'aurait servi dans les armées du Roi
Ils n'ont ni chef, ni flotte, ni même volonté
Il n'y a nul motif à vouloir ménager
Des gens qui ne sauraient contre nous se liguer

Callisthène :
La loyauté, pensais-je, est le meilleur ciment

Pour souder les armées. Est-ce que je me mens
Si je veux espérer que la fidélité
Découle du partage des sensibilités ?
Alexandre mérite notre révération
Mais la conjugue-t-on avec cette affection
Sincère qui promet les plus beaux sacrifices ?
Pourra-t-on remplacer le cœur par l'artifice ?

Héphaïstion :
La totale adhésion de l'aristocratie
Grecque et macédonienne n'est pas notre souci
C'est plutôt l'instabilité des satrapies

Callisthène :
Que fait-il que les peuples ont une identité ?
La langue, la façon d'accommoder les mets
Les histoires, les chants, les dieux et les batailles
Une certaine façon de se saluer
De se quitter, en somme un millier de détails
Qui font une culture et qu'on doit respecter
En mélangeant les dieux, les êtres et les fictions
On assassine un monde avec ses traditions

Héphaïstion :
Les traditions existent pour que l'on s'en défasse
Certains mondes trépassent, d'autres prennent leur place

Callisthène :
Je ne suis pas sûr de vouloir que l'on me plonge
De ce monde nouveau où un homme s'allonge
Que dis-je, s'aplatit, aux pieds de son semblable

Serais-je le monarque, me serait-il souhaitable
Que mes propres sujets s'étalent au ras de terre
Dans une position qui sied à des tapis
Des paysans ou bien des esclaves affranchis
Et non aux hommes libres, aux valeureux hétaires ?
Que voulez-vous qu'au sujet d'Alexandre on répète :
Qu'il fut le roi des hommes ou le roi des carpettes ?

Alexandre :
(à Héphaïstion)
Ne tire pas l'épée. Il y a dans l'offense
Un fond de vérité.
(A Callisthène)
J'ai assez de crédences
A m'être distingué pour qu'on me rendre hommage
Avec un grand respect, et sans que l'on outrage
Sa propre dignité.

Héphaïstion :
(à Callisthène)
Veuillez donc essayer de me marcher dessus
Vous constaterez comme vous y serrez reçu
Vous verrez comment se défendent les tapis

Alexandre :
Il suffit.
Votre querelle est close. Allez sonder les hommes
Sans tarder.

Scène 2
Callisthène

Callisthène :
Faut-il qu'on s'aplatisse devant un vil boucher ?
Un rufian prétentieux qui croit philosopher ?
A qui mon oncle ont pu profiter vos leçons ?
On voudrait abolir la simple distinction
Entre un dieu de l'Olympe et un amphitryon
Tant que je serai libre, debout sur mes deux pieds
Je combattrai l'obligation de s'affaler

Scène 3
Alexandre, Roxane

Alexandre :
Il faut m'ouvrir Roxane ou je force la porte
Nous ne pouvons tous deux continuer de la sorte

Roxane :
La porte vous voyez n'est pas fermée à clef
Je ne l'ouvrirai pas mais vous pouvez rentrer

Alexandre :
J'ai une idée mon ange qui peut nous protéger
Des transes dans lesquelles nos disputes ont tombé
Je vous propose d'adopter une méthode
Inspirée des *Travaux et des jours*, par Hésiode
Le mur qui nous sépare est déjà bien trop haut

A peine pouvons-nous, sur la pointe des pieds
Nous discerner encore et même nous parler
Tomberions-nous d'accord qu'une pierre nouvelle
Ajoutée au sommet ferait que l'on descelle
Une pierre jumelle et puis qu'on la retire ?
Avec cette prudence évitons nous le pire
Le mur ne pourrait pas monter plus haut que notre tête
Il y aurait toujours des brèches et des fenêtres
Par où nous nous verrions et nous comprendrions
Avec un peu de chance nous arriverions
A son effondrement et sa démolition

Roxane :
Et par quel procédé voulez-vous que l'on ôte
Des pierres mieux scellées, plus lourdes que des fautes ?

Alexandre :
Il y aurait l'oubli. Son travail de maçon
Qui lisse la mémoire. Puis la compréhension
Et la mansuétude. Enfin en cas d'échec
Du temps, de l'érosion, il reste le pardon

Roxane :
Je ne suis pas, Monsieur, de celles qu'on érode

Alexandre :
Je n'ai pas la patience que l'on prête à Hésiode
Mais j'essaie d'oublier ce qui me fit offense

Roxane :
J'avoue que dans l'oubli vous êtes passé maître
En mansuétude envers vous-même, en indulgence
A votre propre égard, vous en avez, des lettres !

Alexandre :
L'empire m'interdit que longtemps je m'attarde
Sur mes fautes. Je ne peux jamais baisser la garde

Roxane :
L'empire est bien commode. Vous me rendez visite
Ivre, jaloux, en compagnie de votre bite
Ma crudité vous choque ? Songez-donc à la vôtre
A ce qu'on produit quand dans l'alcool on se vautre
Vous déversez sur moi tout ce trop-plein de haine
Qui vous ronge les sangs. Vous me traitez de chienne
Vous ne me frappez pas, certes, mais vous jetez sur moi
Vos insultes et tout ce qui tombe sous vos doigts
Et le lendemain, vous êtes devant ma porte
Souriant, amoureux, aux petits soins, heureux
Vous me désirez, vous réclamez que je porte
A ma tunique ce bijou pharamineux
Qui provient surement du tout dernier pillage
Que vous avez commis dans les proches parages

Alexandre :
Cela fait bien des pierres ajoutées au mur
Pouvez-vous en échange y faire une ouverture ?

Roxane :
Peu m'importe ce mur ! J'ai l'air d'une architecte ?

Vous ne cessez d'agir d'une manière infecte

Alexandre :
Je vous promets que... Ah !...
Je vous ai tant promis et j'ai si peu tenu
Que je ne veux plus rien contre moi retenu
Il faut me menacer, me fermer votre cœur
Il vous faut me bannir, me contraindre au malheur
Car c'est ainsi peut-être – je ne veux rien promettre
Que je peux me changer. Je sens dedans mon être
Une transformation. Un besoin de sérieux
Cette fois-ci j'ai peur. J'ai peur de vos adieux

Roxane :
Croyez-vous qu'une femme puisse se contenter
D'être aimée par la crainte d'en n'être plus aimé ?

Alexandre :
On ne discute pas, j'espère sur le fait
Que je vous aime ou pas. Cela est arrêté

Roxane :
Vous m'aimez tellement que vous êtes incapable
De ne pas vous saouler dès la première étable
Vous m'aimez tellement que jamais il ne vient
A votre esprit l'idée de penser à mon bien
Avant d'agir. Que m'importe qu'après vous regrettiez
L'Alexandre qui m'aime surgit toujours après
L'Alexandre aviné, qui l'avait oublié
Je ne puis plus jamais recevoir le second
Sans penser au premier. Retenez la leçon
Ou bien oubliez-là. Qui donc qui l'ait reçu

Celui-là ou bien l'autre. Car je ne l'aime plus.

Alexandre :
Ce sont des mots qui marquent un homme absolument
Je ne peux qu'espérer que votre cœur vous ment (un temps)
L'orgueil blessé vous croit mais l'amour s'y refuse
Roxane s'il te plaît cessons toutes ces ruses
Notre chant est peut-être à sa dernière strophe
Oublions tous mes doubles et ce L apostrophe
La partie que je joue, le spectacle qu'on donne
C'est moi, c'est Alexandre, Alexandre en personne
Dis-moi tout simplement que tu ne m'aimes plus

Roxane :
Comment pourrais-je dire à mon cœur abattu
Qu'il a battu en vain toute ma vie entière ?

Alexandre :
Alors regarde-moi. Et dis-moi que tu m'aimes
Dis-le, et sois sincère

Roxane (elle suffoque) *:*
Mon souffle manque. Vous aviez tout pour être aimé.
Il faut que je respire. Je ne puis plus parler

Alexandre :
Roxane, je t'en prie, ô je t'en prie, respire
Amestris ! A l'aide ! Vite ! Roxane expire !

Amestris :
Cela n'est rien Seigneur. Il faut que vous partiez
Le mal que vous lui faites pourrait bien l'étouffer

Alexandre (en sortant) :
Mon amour se renforce plus son cœur est cruel
Roxane me poignarde et moi je crains pour elle
Mais si elle mourait ? Si j'en étais la cause ?
Il faut que j'entreprenne une métamorphose
Que j'arrête la guerre, l'orgueil et ses poisons
Ma folie des grandeurs, et surtout, la boisson !

Scène 4
Roxane

Roxane :
Je t'aime, ces mots-là sont les plus simples à dire
Quand on parle à l'objet pour lequel on respire
Quand un autre que lui se suspend à nos lèvres
Comme subitement peut retomber la fièvre
Qui brûlait nos forêts intérieures et nos rêves
Les mots sont là, tout prêts, sur le bout de la langue
Ils pourraient tout changer mais la volonté tangue
Nous voudrions donner ce qu'on attend de nous
Un étrange remord enserre notre cou
La vérité nous lie d'une invisible sangle
Et sous son exigence, notre gorge s'étrangle
Ces mots de rien, ces mots, on ne saurait les dire
Ni pour faire le bien, ni pour tout un empire
On ne gouverne pas nos propres sentiments
Comme on le fait d'un peuple, ni par les boniments

Ni même par la crainte, ni l'appât du bonheur
Nos sentiments sont sourds, y compris à la peur
Et l'on reste muet quand se tait notre cœur

Ce cœur est une ville en pleine insurrection
La garde a succombé, on ouvre les prisons
Les citoyens embrassent des frères criminels
La foule se rassemble devant tous les autels
Elle monte à l'assaut des rues de la cité
Elle frappe, elle danse, envahit le palais
On se saisit de moi et on me supplicie
Je meurs sous la torture, je meurs et remercie
Je suis la foule en liesse, la lumière d'été
Qui pointe vers le ciel les armes ensanglantées
Je suis vaincue. Car j'aime.
Et qu'il soit dans mon cœur, ou qu'il soit dans mes reins
Le peuple des désirs, toujours, est souverain

Acte IV

Scène 1
Alexandre

Alexandre (ivre) :
Ben quoi ? Vous n'avez jamais vu un fin stratège ?
C'est bien ça. N'en avez jamais vu. Me trompé-je ?
Je m'en vais vous flanquer une déculottée
Militaire.
J'envoie quelques phalanges dans cette travée
Peu actives, un peu lentes, juste pour occuper
Vos défenses, tandis qu'ici, la cavalerie
Perce les lignes. On prend d'assaut la galerie
Mes archers vous surplombent. Je fais boucler la place
Vous déposez les armes et vous demandez grâce
Et c'est là que commence, en vrai, l'art de la guerre
C'est là qu'on consolide et défend les frontières
Je fais exécuter les spectateurs de droite
Je rafle leurs bijoux, les mets dans une boite
Que je transmets fissa aux spectateurs de gauche
Je leur promets des jeux, du sport, de la débauche
J'épouse sur le champ la fille d'un notable
Vous, mademoiselle. Vous. Ne vous inquiétez pas
La charge n'est pas lourde. Baise une fois par mois
Allons que dis-je ? Une fois par an suffira

Je n'ai jamais été très porté sur la chose
Ni Roxane d'ailleurs. Vous verriez sa pudeur
Son corsage est fermé comme un bouton de rose
C'est sans doute pour ça qu'elle est mon âme sœur
Vous voulez tout savoir ? Elle dort en pyjama
C'est une sorte de pantalon de là-bas
Pas comme Stateira. Elle c'est une poule
Elle dort en jupette. Jupette ras la moule
Roxane c'est un ange. Genre exterminateur
C'est pour ça que Roxane était mon âme sœur

Elle ne pardonnera jamais pour Cleitos
A ses beaux yeux je suis devenu Thanatos
C'était un accident. J'avais bu. Ça arrive
Je n'ai pas voulu l'envoyer sur l'autre rive
Du Styx.
Pourquoi je bois autant ? Je voudrais vous y voir !
Les devoirs accompagnent de trop près le pouvoir
Administrer tout un empire ! Sans compter
l'agrandir !
Je dois choisir le lieu où l'on fonde les villes
En décider du nom. Choisir les lois civiles
Je dois faire les plans, en penser les défenses
Et pour la construction, avancer les dépenses
On me harcèle. On me consulte à tout propos
C'est à moi de gérer jusqu'aux abductions d'eau
Rien qu'à penser à ça mon ivresse recule
(il boit)
A côté de ma charge, tous les travaux d'Hercule
Paraissent enfantins. Et j'ai besoin du vin
Pour mieux me dégriser de tenir dans ma main
Le sort de tant de gens, de si nombreux soldats

D'un territoire immense et de si grands Etats
Quand je ne suis pas saoul c'est là que je suis ivre
D'un calcul incessant, de la raison des livres
Alors resservez-moi. Je bois pour être libre
Du devoir d'entreprendre. Pour perdre l'équilibre
Je suis moins dangereux, je crois, pour mon prochain
Dans les rets de l'alcool que quand je suis à jeun

Scène 2
Alexandre, Héphaïstion

Héphaïstion :
Ah seigneur, mes respects. J'ai de tristes nouvelles

Alexandre :
(à part)
Il va m'entretenir de cinq ou six rebelles
Qui auront éternué dans le haut-Karabacg
Tandis que c'est ici que tombent mes remparts

(haut)
Tu peux me les donner, Héphaïstion, mon frère
Rien ne peut m'affecter. Déjà je désespère

Héphaïstion :
Callisthène a endoctriné nos commandants
Il les a soulevés par ses raisonnements
Contre le protocole, contre la proskynèse
Il fait de votre édit une telle exégèse
Que personne n'en veut, qu'ils jurent de rester

Debout sur leurs deux pieds, quoi qu'il puisse en couter

Alexandre :
Le batard ! La vermine ! C'est de la trahison !
Cet immonde historien mérite la prison

Héphaïstion :
Il a de l'ascendant –beaucoup ! – sur ses élèves
Il gangréné ceux qui forment la relève

Alexandre :
En prison il pourrait bien comploter encore
Ce qu'il mérite c'est... tout simplement la mort

Héphaistïon :
C'est là ce qu'il mérite, nous en sommes d'accord
Mais un assassinat choquerait les esprits
Et un procès public servirait ses écrits

Alexandre :
Maudit soient-ils, son oncle et sa philosophie
Callisthène le traitre ! Comploteurs érudits !
Empare-toi de lui, jette-le dans les geôles
Cela démontrera que c'est moi qui contrôle
Ce qui peut s'affirmer de manière licite
Ne l'exécutons pas. Du moins pas tout de suite
On craindra pour sa vie, on sera plus soumis
J'aurais plus de pouvoir ainsi sur ses amis
Et d'ici quelque temps, un fâcheux accident
Ou une maladie, termineront son temps
On saura que c'est moi, on connaîtra la peine

Que l'on encourt quand on exacerbe ma haine

Héphaïstion :
Et pour la proskynèse que déciderez-vous ?

Alexandre :
Plier devant ce drôle ne me plaît pas du tout
Mais je ne peux risquer une honte publique
Si j'impose une règle que personne n'applique
Ce serait un affront, une injure de taille
Je pourrais me permettre de perdre une bataille
Si c'est la condition pour remporter la guerre
Fais savoir que le rite n'a pas l'heur de me plaire
Que je reste fidèle aux anciennes pratiques

Héphaïstion :
Bien manœuvré, altesse. Excellente tactique

Alexandre :
Eh bien qu'attends-tu pour aller la mettre en œuvre ?

Héphaïstion :
C'est que la proskynèse était une couleuvre
Facile à avaler par rapport aux secrets
Dont j'ai eu connaissance à mon plus regret

Alexandre :
As-tu résolu d'écrire mon épitaphe ?
Pire que la traitrise de mon propre biographe ?

Héphaïstos :
Bien pire je le crains. Car c'est de votre femme

Roxane...

Alexandre :
... Je te retiens. Car si tu la diffames
C'est toi qui périras et de ma propre épée

Héphaïstion :
Je ne rapporte rien sans vérifier les faits
Amestris en témoigne. Roxane est infidèle

Alexandre :
Roxane m'a trompé ? Quelle absurde nouvelle !
Elle m'aurait trahi ? Mais comment ? Avec qui ?
Je ne l'ai jamais vue sensible à aucun homme
A part moi-même. Qui la connaît un minimum
Sait que c'est impossible...

Héphaïstion :
... Elle est pourtant sensible
On a pu l'envouter par un philtre d'amour
Celle qui l'a créé lui joue un vilain tour
Afin de s'asservir et son corps et son âme

Alexandre :
Roxane est tombée amoureuse d'une femme ?

Héphaïstion :
Ou d'une magicienne. Il s'agit d'Olympias
Votre mère et prêtresse noire à Samothrace

Alexandre :
(il hurle, il tombe)

Non !
(il se relève)
Je vais tuer ma femme et brûler la sorcière
La pute, la démone, qui se prétend ma mère
Buvons ! Et accompagne-moi dans ma détresse
Viens soutenir les coups de ma main vengeresse

Scène 3
Alexandre, Héphaïstion, Roxane

Alexandre :
La sale perverse !

Roxane :
Je ne vous permets pas.

Héphaïstion :
(il s'interpose)
Calmez-vous, sire ! Cleitos ! Pensez-donc à Cleitos !
(à Roxane)
Reculez-vous Madame !
(au roi)
Songez à Cleitos, Sire,
(à Roxane)
Reculez-vous de grâce !
(au roi)
Cleitos était coupable, et vous l'avez puni
Sa mort vous a causé une peine infinie
Je vous en prie, seigneur, différez la sentence
Aujourd'hui ou demain, quelle est la différence ?

Alexandre :
Honte de la Perse !

Roxane :
Je vous reconnais là.

Alexandre :
S'en est pourtant fini des grands airs avec moi
Tantôt tu affectais de faire la morale
Alors que tu sortais du lit matrimonial
Où tu m'avais trompé avec ma propre mère !
Aucune de vous deux ne mérite la vie

Roxane :
Épargnez-là, Alexandre, je vous en supplie !
Votre soulagement ne serait qu'éphémère
Le remord vous cuirait pour votre vie entière
C'est moi qui, la première, ai voulu son amour
Tuez-moi, s'il vous plaît, c'est un juste retour
Évitez-vous, surtout, le meurtre d'une mère
Pour un geste pareil invoquer la colère
Serait insuffisant et quoi qu'il se décide
N'imitez pas Œdipe en étant parricide

Alexandre :
Ainsi tu tiens à elle et tu veux la sauver...
Cela change mes plans. Je vais me raviser
Je ne te ferai pas la grâce de mourir
Tu verras de tes yeux, tu verras le martyr
De cette mante noire qui m'a démis au monde
Le coup fut bien porté. La blessure est profonde

Quel autre sentiment que la rage, aujourd'hui ?
Et la femme et la mère qui toutes deux s'allient
Pour atteindre à la fois leur fils et leur époux
On ne l'a jamais vu, c'est un supplice fou

Roxane :
Si j'avais deviné le mal que je vous fais...
Je ne sais si cela pourra vous apaiser
Mais quand j'ai pris pour elle un premier intérêt
J'ignorais pour de vrai vos liens de parenté
Et quand je l'ai appris... Hélas, le mal est fait

Alexandre :
Je vais te répudier, te garder comme esclave
Et je t'offrirai en récompense à mes braves
Maintenant que tu as couché avec ma mère
A la simple pensée que ta taille je serre
J'aurais l'impression de commettre un inceste
Et je ne pourrais plus faire le moindre geste
Sans voir s'interposer les seins de la prêtresse
Je vais faire cadeau aux somatophylaques
De ton corps à la fois céleste et démoniaque
En commençant par toi, mon cher Héphaïstion

Héphaïstion :
Seigneur, vraiment...

Alexandre :
Elle est à toi, mon frère. Prends-là. Car c'est un ordre
Et si elle refuse, empêche-la de mordre
La pouliche persane. Je t'offre une monture
Essaie-là devant moi. Elle a connu la mère

Elle peut endurer la saillie de mon frère
Tourne-toi. Sens-tu bien mon épée dans tes hanches ?
Je ne permettrai pas que cette fois tu flanches
Avance. Tu m'as empêché de la mettre à mort
A toi de la punir en possédant son corps
Va, ne recule pas. Ma lame est acérée
Ma mère entre ses jambes elle a voulu serrer
Prends-là !

Acte V

Scène 1
Roxane

Roxane :
Je suis restée muette pendant tout cet assaut
Pendant que dans mon âme l'honneur parlait tout haut
Je ne crois même pas m'être un peu débattue
On ne m'aura pas vue lutter pour ma vertu
Je prétendrais en vain que c'était pour priver
L'agresseur du plaisir de pouvoir me forcer
Car les mots du refus étaient bien dans ma bouche
Les gestes de défense abondaient sur ma couche
Je savais quoi hurler, je savais où frapper
Mais je ne pouvais ni m'exprimer ni bouger
J'étais paralysée, comme si j'avais vu
Les yeux du basilic avant qu'il ne me tue
Cette sidération qui m'a mise à l'abri
M'a volé mon honneur mais elle m'a tout dit
La scène avait comme un parfum de déjà-vu
Je me voyais enfant, faible et à moitié nue
Sous les gestes d'un homme qui délivre sa sève
Je ne vois pas ses traits mais ce n'est pas un rêve
La vision a la force qu'ont les vrais souvenirs
Serait-ce le moment que le drap se déchire
Qui recouvre ma vie, qui masque le venin

Et jusqu'à la morsure infligée à mon sein ?
Serait-ce la raison de cette prévention
Que j'ai envers le sexe et envers la passion ?
Aurais-je cultivé l'envie de refuser
Tout et jusqu'à moi-même, comme une enfant butée
Parce qu'on m'a privée du droit de dire non ?
Me serais-je haïe pour la même raison ?
Il est temps de me voir dans la lumière crue
De la réalité, de me voir dévêtue
Des idées de moi-même. Je suis ce que je suis
Juges, je vous emmerde ! Le sperme d'un violeur
Coule au long de mes cuisses. Je n'ai plus de pudeur
Je suis sale oui mais... Je suis ce que je suis
N'attendez même pas de moi que je l'essuie

Scène 2
Olympias, Roxane

Olympias :
Votre vue me ravit ! J'avais craint votre mort !

Roxane :
Je ne sais si je dois féliciter le sort
Le roi m'a répudiée. Il m'a faite violer
Violer devant lui-même, par un de ses guerriers

Olympias :
La honte soit sur lui ! Et sur sa lâcheté !
C'est par procuration qu'il commet ses forfaits
S'il m'offre l'occasion de vous venger de lui

Je vous promets d'agir et ce dès aujourd'hui

Roxane ma chérie... Pardonnez ma fureur
C'est de vous seulement que se soucie mon cœur
Comment vous sentez-vous ? Oubliez ma colère
Sentez ma compassion. Je ne suis plus sa mère
Je suis votre douleur. Je la sens dans ma chair

Roxane :
Désirer la vengeance est une flétrissure
Que je veux m'éviter car je ne suis pas sure
Que cette fois j'étais la victime innocente
D'un acte immérité. La justice est absente
On n'y peut suppléer.
Mais ce n'est pas ce viol qui cause mon angoisse
Il a promis de vous brûler vive, Olympias !

Olympias :
Roscha, mon ange, si j'avais pu, si j'avais su...
Je ne serais jamais venue à Babylone
Et vous ne seriez pas une reine félonne

Roxane :
Vous ne seriez venue, je n'aurais pas connu
Le bonheur infini que procure l'amour
Si le nôtre devient entre tous le plus court
Je ne regrette rien, et je veux être nue
Je veux me souvenir de vos bras pour toujours
(elles s'enlacent)

Olympias :
Nous n'avons plus le temps, je le crains, pour l'amour

Savez-vous qu'Alexandre a saisi Callisthène ?
Il est emprisonné et l'on craint pour ses jours
Alexandre est un fou. Il est mû par la haine
Quelqu'un doit l'arrêter. J'ai ici deux flacons
Qui contiennent un philtre, autant dire, un poison
Deux ou trois gouttes à peine, déposées sur la peau
Font une mort certaine.
Je vous donne un flacon. Je garde le second
Nous pouvons en user ou bien contre nous-même
Ou bien contre Alexandre. Cela revient au même
Nous serons libérées. Cachez-le bien Roxane
Ne donnez à personne ce mortel filigrane
Sachez que je n'ai pas formé ma décision
Je vais l'utiliser, là n'est pas la question
Mais je ne sais sur qui tombera le poison
Vous ferez votre choix. Choisissez librement
Sachez-le toutefois : vous portez un enfant

Roxane :
D'Héphaïstion ?

Olympias :
D'Alexandre !

Roxane :
Que vous rend-il si sure, du fait comme du père ?

Olympias :
J'ai reçu sur les deux l'avis de Déméter

Scène 2
Roxane

Roxane :
Un enfant. D'Alexandre. Callisthène en prison
Olympias menacée. Ce viol qui me dégrade
Et me réconcilie avec mes trahisons
La mort rodant partout, qui me fait des œillades
La honte que je sens. Et enfin ce flacon

Si je me laisse aller à entendre les plaintes
Qui s'élèvent en moi, si j'écoute mes craintes
Mes douleurs, mes regrets, alors je suis perdue
J'ignorais que l'enfer faisait couler ses fleuves
Dans mon corps et ses larmes par mes yeux trop émus
Si je prête l'oreille à l'écho des épreuves
Au tumulte en moi-même, qui donc me fera grâce ?
Je dois flotter, nager, rester à la surface
M'agripper au langage comme à un bois flotté
Je dois suivre le fil ténu de ma conscience
Ce fil d'Ariane ancré à ma propre innocence

J'apprends que j'ai rendez-vous avec le destin
Et j'apprends que cela se fait à quatre mains
Que je vais faire un choix, un choix non pour moi-même
Mais au nom d'un enfant que mon ventre renferme
Quelles sont mes options ? Comment serais-je juste ?
Comment raisonneraient les philosophes augustes ?
Partons de ce flacon. Si je ne m'en sers pas

Alexandre sans doute conduira au trépas
Callisthène, Olympias, et l'enfant que je porte
Je les condamne tous en fuyant de la sorte
Il faut donc que je tente... de tuer Alexandre
Mais j'ai pour Olympias un sentiment si tendre
Que le soupçon s'invite en ma propre pensée
Que je choisis le meurtre dans mon propre intérêt
Il reste Callisthène, qui m'est fort étranger
Mais sa mort n'est pas sure, et tuer la personne
Qui le persécute et qui veut qu'on l'emprisonne
Revient à balancer un crime hypothétique
Par un crime certain : cela n'est pas éthique
Je ne peux ni agir ni refuser l'action
Cela est-il conforme à quelconque raison ?
Il ne me reste que la route du suicide
Mais qui ressemble fort à un enfanticide !
Me voilà revenue à mon point de départ
Peut-être ne rien faire est mieux à tous égards
Mais si je ne fais rien, je laisse à Olympias
L'obligation fatale qu'à l'action elle passe
Je la condamne, en sorte, à mettre à mort son fils
Je ne peux concevoir plus cruel sacrifice
Il faudra que je meure pour la laisser mourir
Nous serons donc tous morts, nous serons des martyrs
Nous aurons les mains propres, et la conscience nette
–Si l'on met de côté mon infidélité
Mais je porte un enfant. Cela n'est pas honnête
Vis-à-vis de celui qui ne peut s'exprimer
Quelque part c'est heureux. On ne saurait souhaiter
Qu'avant même de naître un enfant soit sommé
D'empoisonner son père s'il entend voir le jour

Pourrais-je mettre au monde un fils ou une fille
Et mettre en leur berceau le meurtre de leur père ?
Quel funeste cadeau ! Vraiment je désespère
Je ne vois pas d'issue qui me maintienne intègre
Il faudrait que j'arbitre entre des gains bien maigres
Ou plutôt endosser des pertes colossales
Je n'ai guère de goût pour les demi-morales
Je regrette le temps où c'était blanc, ou noir
L'amour m'a jetée dans un univers à part
Où le réel échappe au pouvoir des principes
Mais je divague : J'accepterais que l'on m'étripe ?
Qu'on tue sa propre mère ? Mais du cran ! De la rage !
A défaut de morale, aies un peu de courage !
Et même sans boussole on peut tenir la barre
C'est ainsi que nous sommes, nous les peuples barbares

Scène 3
Olympias, Alexandre

Alexandre :
Oh, ma mère, approchez
Je prépare pour vous un savoureux bûcher

Olympias :
Je ne viens pas ici demander la clémence
Pour ma propre personne. Je viens pour la défense
De Roxane. C'est une jeune femme innocente
J'ai exercé sur elle la magie indécente

De l'amour. Cette vieille chimère. Si puissante
Votre femme est intègre. C'est la pureté même
Elle n'a pas été difficile à séduire
Vous en avez fait l'expérience vous même
Parce que, justement, elle n'a de point faible
On la manie d'un bloc. Un joyau de la plèbe
Voyez sa trahison à l'exacte mesure
De son amour pour vous, de son amour si pur
Il cherchait une issue, un chemin moins aride
Que celui que le vôtre avait tracé pour elle
Croyez-vous qu'elle aurait tant apprécié les rides
De mon visage, sans que s'y trouve l'étincelle
De vos yeux ? C'est vous qu'elle a aimé en moi
Croyez-vous aux coïncidences ? Moi pas.

Alexandre :
Soit. Roxane est un peu moins coupable que vous
La belle affaire. Elle est bien complice de tout

Olympias :
Elle porte un enfant. Que comptez-vous en faire ?

Alexandre :
Ce n'est plus mon enfant. J'entends bien m'en défaire
Et ce dès sa naissance. On ne saurait d'ailleurs
Plus qui en est le père. J'ai confié Roxane
Aux soins d'Héphaïstion. Qui n'a jamais de panne
L'enfant est un batard. Alors autant qu'il meure

Olympias :
Vous en êtes le père, vous le savez très bien
Vous craignez d'être seul. Il vous faut le soutien

D'une famille...

Alexandre :
J'ai déjà des enfants : un fils et une fille

Olympias :
Que vous ne voyez pas. Qui grandissent à Suse
Auprès d'une inconnue que vous traitez d'intruse
Pour aimer un enfant, il faut aimer la mère

Alexandre :
Philippe m'a aimé, et pourtant que je sache
Il ne vous aimait guère. Moins que la lourde hache
Qu'il prenait à la guerre

Olympias :
Il faut aimer la mère ou bien l'avoir aimée
Philippe a eu pour moi des sentiments sincères

Alexandre :
Peu importe au final, la tendresse du père
S'il manque à cet enfant tout l'amour de sa mère

Olympias :
Roxane n'en manquera pas, je vous l'assure

Alexandre :
Ne faites pas semblant de ne pas me comprendre
C'est de vous que je parle, vous qui fûtes si dure
Vous qui rechigniez tellement à me prendre
Dans vos bras, vous qui affectiez de m'oublier
Vous dont j'ai attendu, si longtemps les baisers

Vous qui me méprisiez, vous qui n'aviez confiance
Dans aucun de mes dons, m'accordiez peu de chance
De réussir jamais le plus petit exploit
Rappelez-vous vos mots, vos mots si maladroits
« J'ai toujours peur pour toi. Car j'ai la conviction
Que tu n'as pas les moyens de tes ambitions »
Oui, oui, souvenez-vous. Vous avez bien dit ça
Cette phrase est gravée sur mon corps à la gouge
Ce jugement, ma mère, m'a marqué au fer rouge

Olympias :
Tu as cru qu'à mes yeux tu manquais de moyens ?
De force, de bravoure, ou même de soutiens ?
Tu voulais affronter les rois achéménides
Tu voulais, en sagesse, dépasser Parménide
Quelle mère n'aurait devant de tels projets
Craint pour son propre enfant qu'il n'ait pas tous succès ?

Alexandre :
Vous ne vous êtes pas contentée d'avoir peur
Vous jugiez que je n'étais pas à la hauteur
Vous m'avez marqué comme on le fait du bétail
Je porte cette marque, sur ma peau, où que j'aille

Olympias :
Philippe lui aussi t'avait déshérité
Si je me souviens bien, il t'a même exilé
Et c'est pourtant sur moi que porte ta rancœur ?

Alexandre :
Philippe ne m'a pas traité avec froideur

Olympias :
Ainsi tu as toujours douté mon amour ?

Alexandre :
J'ai fini par ne plus en douter à mon tour
Cet amour est muet car il n'existe pas

Olympias :
C'est faux ! Mon cœur sans relâche a tremblé pour toi
Je pense à toi sans cesse ! Chaque lever d'Hélios

Alexandre :
Comme je pense au mal que j'ai fait à Cleitos !

Olympias :
Avec sollicitude ! Avec tristesse un peu
Je regrette ce long silence entre nous deux

Alexandre :
Je me passerai bien de ta sollicitude
Je la trouve en effet un tout petit peu rude
C'est par sollicitude que tu baises ma femme ?

Olympias :
Et toi c'est par amour que tu la fais violer ?

Alexandre :
Est-ce que j'ai fait pire que faire mariner
Un pauvre enfant transi d'amour désespéré ?
Cette attente a créé Alexandre le Grand
Le fou qui abandonne à l'un des lieutenants
La femme qu'il aimait pourtant passionnément

Olympias :
Mon enfant. Je regrette. Je regrette vraiment

Alexandre :
La méditerranée est un monde parfait
Chaque chose à sa place, un monde bien rangé
Les plages et les dieux, les hommes et les rochers
Il n'y avait que moi pour être dérangé
Pour y être de trop ou bien de pas assez
Et c'est ce sentiment, que tu m'avais légué
Qui a causé ma fuite à l'autre bout du monde
Si tu avais été, parfois, un peu plus ronde
Juste un peu plus aimante, soucieuse de moi
J'aurais été un homme et un bien meilleur roi...

Mais qu'est-ce qui t'a pris de sauter sur Roxane ?

Olympias :
Je vais tout t'avouer, parce que je suis lasse
Du rôle que je joue depuis que je suis née
Je n'ai jamais aimé c'est vrai, que l'on m'enlace
Parce que j'étais belle, et que l'on m'a forcée
Tandis que j'étais jeune, là-bas, à Samothrace
La vie que j'ai subie m'a détourné des hommes
A forgé la froideur qui a laissé des traces
Jusque dedans ton cœur, ton cœur de jeune arum
Parce j'étais blessée j'ai voulu me défendre
Un peu à ta manière, mon très cher Alexandre
J'ai opté pour l'attaque, j'ai voulu faire peur
J'ai joué de mon sexe et dérobé mon cœur
Lorsque j'ai rencontré Roxane par hasard

L'arbuste que j'étais fit une ultime fleur
Il n'en avait pourtant jamais donné le quart
D'un seul pétale rose. Sous son simple regard
Voilà que je fleuris, comme une fleur d'automne
Comme une fleur sauvage, sur un buisson de cyste
Qui se fane déjà, à peine qu'elle existe
Je n'ai pas résisté. Est-ce que tu me pardonnes ?
Mon corps est resté jeune, mais sa jeunesse est lasse
Je suis âgée mon fils, je suis âgée hélas,
Et je n'ai plus vraiment si grande envie de vivre
J'accepte de mourir, je veux qu'on me délivre
Mais avant de mourir j'aurais une requête
Pour atténuer mes fautes et alléger ma dette
Je voudrais te tenir enfin entre mes bras
Te dire que je t'aime pour la première fois
Te dire que je t'aime une dernière fois
(Alexandre la prend dans ses bras,)
Je t'aime.
(elle verse dans son cou les gouttes de poison, il se fige et s'effondre)
Je t'aime.

FIN

Milton Keynes UK
Ingram Content Group UK Ltd.
UKHW041122121124
451035UK00021B/500

9 782322 478897